Madame
TIMIDE

Collection MADAME

Mr. Men   Little Miss

Madame TIMIDE

Roger Hargreaves

hachette
JEUNESSE

Madame Timide n'y pouvait rien.

Elle était incroyablement, désespérément timide.

Elle rougissait pour un oui,
elle rougissait pour un non,
elle rougissait sans arrêt comme une pivoine.

Elle vivait toute seule dans une petite maison,
loin des autres maisons.

Le plus loin possible des autres maisons !

Elle vivait dans « Ma cachette ».

Madame Timide était si timide
qu'elle n'osait pas sortir de chez elle.

Elle n'allait jamais faire des courses.
Rien qu'à la pensée d'entrer dans un magasin
et de s'adresser à une vendeuse,
elle se mettait à trembler!

Aussi cultivait-elle son jardin
et menait-elle une petite vie très tranquille.

Très très très tranquille.

BANG! BANG! BANG!

Madame Timide abandonna son petit déjeuner
et se cacha sous la table.

BANG! BANG! BANG!
Ce n'était que le facteur qui frappait à la porte.

– Il y a quelqu'un? cria-t-il.

Madame Timide se boucha les oreilles et ferma les yeux.

« Elle est sortie », pensa le facteur.

Il glissa la lettre sous la porte, puis s'en alla.
Madame Timide attendit
de ne plus entendre le bruit de ses pas.
Mais quand elle ne l'entendit plus, elle attendit encore.

Elle passa même toute la journée sous la table !

A la nuit tombée, elle se risqua enfin hors de sa cachette.

Elle aperçut la lettre. C'était la première fois de sa vie qu'elle en recevait une !

Elle l'ouvrit avec mille précautions.
Monsieur Rigolo avait écrit :

*Je vous invite
à mon anniversaire
samedi
à trois heures.
Plus on est de fous ! Plus on rigole !*

Madame Timide faillit s'évanouir !

Elle relut la lettre.

« Je ne peux pas y aller ! pensa-t-elle.
JE NE PEUX PAS !
Il y aura DU MONDE ! »

Rien au monde ne l'effrayait davantage que... LE MONDE !
Cette invitation la tracassa toute la nuit.

Mais le lendemain, elle se décida :

– J'irai, il le faut! Sinon je passerais pour une impolie.

Cinq minutes plus tard, elle changea d'avis.
Cinq minutes après, elle changea encore d'avis.

Et cinq minutes après... Tu devines?
Oui! C'est cela!

Cette nuit-là, elle ne put dormir.

Le vendredi,
madame Timide changea d'avis 144 fois en douze heures.
C'est-à-dire qu'elle changea d'avis
toutes les cinq minutes.

Elle allait chez monsieur Rigolo.
Elle n'allait pas chez monsieur Rigolo.
Elle y allait.
Elle n'y allait pas.
Et caetera... et caetera...

Quelle longue journée!

La nuit du vendredi fut pire encore que celle du jeudi.
Elle ne ferma pas les yeux.

Elle ne dormit même pas d'un œil!

Le samedi matin arriva...
et passa.

L'heure du déjeuner arriva...
et passa.

Madame Timide ne put rien avaler.

Une heure sonna...
Puis deux heures...
Puis trois heures...

C'était l'heure du rendez-vous !

Madame Timide ne bougea pas.

Elle resta assise dans son fauteuil,
et une grosse larme roula sur sa joue.

– Si seulement j'étais moins timide, sanglota-t-elle.

A quatre heures,
quelqu'un frappa à la porte.

Madame Timide se cacha derrière son fauteuil.

La porte s'ouvrit.

Monsieur Rigolo entra et éclata de rire.

– Je savais que vous ne viendriez pas, lui dit-il.
Aussi je suis passé vous chercher.

Madame Timide rougit comme un bouquet de pivoines.

– Venez, ajouta monsieur Rigolo.
Vous ne le regretterez pas.

Et il conduisit la pauvre madame Timide toute rougissante
jusque chez lui.

Tout le monde était là !

Madame Timide aurait aimé disparaître sous terre.
Mais tout le monde fut si gentil et aimable avec elle
que peu à peu et petit à petit
elle oublia qu'elle était timide.

Elle finit par ne pas regretter d'être venue !

– Qu'est-ce que je vous avais dit !
lui rappela monsieur Rigolo.

Madame Timide opina de la tête et sourit.
Pour la première fois de sa vie, elle ne rougit pas.
Ou si peu...

Sais-tu qui elle rencontra chez monsieur Rigolo ?

Monsieur Silence !

– Autrefois j'étais aussi timide que vous,
lui murmura-t-il.
Madame Timide le regarda.

– Ce n'est pas vrai ! s'exclama-t-elle dans un rire.

Puis elle réfléchit.

– Venez donc prendre le thé chez moi demain.

Monsieur Silence la regarda.

– Moi ? dit-il. Et il rougit comme une tomate.

– Le thé ? dit-il. Et il rougit comme deux tomates.

– Demain ? dit-il.
Et il rougit comme un kilo de tomates.

Puis il tomba dans les pommes !

RÉUNIS VITE LA COLLECTION ENTIÈRE
DE **MONSIEUR MADAME...**

... UNE FRISE-SURPRISE APPARAÎTRA !

hachette
JEUNESSE

Dépôt légal : Octobre 2009
ISBN : 978-2-01-224869-4 - Édition 09
Loi n° 49-956 du 16 juillet 1949 sur les publications destinées à la jeunesse.
Imprimé et relié en France par I.M.E.